Autorin

Karin Goller lebt und arbeitet im Großen Lautertal auf der Schwäbischen Alb. Mit dem hier vorliegenden „Lausbubengeschichten" hat sie sich einen weiteren langjährigen Traum erfüllt. Karin Goller ist ebenso leidenschaftliche Gärtnerin.

Bibliographische Information der Deutschen Nationalbibliothek.

Die Deutsche Nationalbibliothek verzeichnet diese Publikation in der Deutschen Nationalbiographie; detailliert bibliographische Daten sind im Internet unter http://dnb.dnv.de abrufbar.

Herstellung und Verlag:
BoD - Books on Demand, Norderstedt

ISBN 978-3-7431-5469-8

€ 14,95

Karin Goller

Norbert – der Lausbub

Inhalt

Vier – Sechs Jahre

Norbert und das Bonbonglas

Taube und Drachen – die ungewöhnliche Schlafstörung

Minka, die Katze – und die Spielmaus

Das Loch gegenüber – wie ein Haus entsteht

Norbert lernt Skifahren

Alltag des Nikolaus

Fröhliche Weihnachten, kleiner Schneemann

Sechs – Neun Jahre

Es war einmal ein Lausbub

Der Apfeldieb

Ein Angler – der Storch, der Frosch und die Biene

Ein Wandertag vor den Ferien

Das Missgeschick – Ferien auf dem Bauernhof

Schade, es war nur ein Traum

Opa versteht keinen Spaß

Neun – Zwölf Jahre

Norbert und Benny in der Bibliothek

Der Deutschunterricht

Ein fabelhaftes Tor – der unglückliche Lattenschuss

Gewonnen

Der Detektiv – auf frischer Tat ertappt

Lügen haben kurze Beine

Der Samstagabendkrimi

Ein Sommertag im Freibad

Im Gestüt – die Pferde

Ein Tag im Zoo

Der Iglu Bauer

Ein Schlittschuhläufer

Geburtstagsvorbereitungen

Vierzehn – Achtzehn Jahre

Weglaufen gilt nicht – Wer hat Angst vor großen Hunden?

Norbert kommt auf den Hund

Der Pfannkuchen

Tatort Berlin

Norbert und das Bonbonglas

Nach dem Zähneputzen gibt es nichts Süßes mehr!"

Streng sah die Mutter Norbert an. Sie nahm das Glas und stellte es ganz oben auf den Schrank. Norbert schaute ihm sehnsüchtig hinterher. Während des Abendessens überlegte er immer wieder, wie er an die Bonbons kommen könnte. Es wurde Zeit ins Bett zu gehen, und ihm war immer noch nichts eingefallen. Widerstrebend und schlurfend ging er ins Bad.

Jeden Abend dasselbe", murmelte er vor sich hin.

Hast du etwas gesagt?", wollte die Mutter wissen.

Schnell antwortete er: „Nein, es ist alles in Ordnung."

Doch er überlegte immer noch fieberhaft, wie er ein Bonbon stibitzen konnte. Geh schon einmal in dein Zimmer, ich komme gleich und lese dir noch eine Geschichte vor. Ich bringe nur noch schnell den Abfalleimer hinaus."

Das war die Gelegenheit. Norbert schnappte sich einen Hocker, kletterte hinauf. Doch oh weh, er war zu klein. Er reckte und streckte sich, aber er konnte das Glas nicht erreichen. Immer wieder versuchte er es aufs Neue. Er musste einfach an das Glas kommen. Auf einmal spürte er das Glas an seiner Hand. Er erfasste es. Schon wollte er es hinunter ziehen, da passierte es. Es fiel auf den Boden und die Bonbons kullerten heraus. Außerdem kippte sein Hocker. Er ruderte hilflos mit den Armen.

„Mama", schrie Norbert.

Der Schreck war größer als der Schaden, denn das Glas fiel auf den Teppich und Norbert auch. Schnell eilte die Mutter herbei.

„Was hast du nun wieder angestellt?", fragte sie besorgt.

„Du hast meine Anordnung nicht befolgt. Da hast du ja noch einmal Glück gehabt."

Sie war so froh, dass nichts passiert war, dass sie nicht einmal schimpfen konnte. Sie nahm

Norbert in die Arme. Zusammen gingen sie ins Kinderzimmer.

Eine Gute-Nacht-Geschichte gab es aber nicht.

Taube und Drachen – die ungewöhnliche Schlafstörung

Die kleine Taube war müde. Sie hatte sich den ganzen Vormittag bemüht, Brotkrumen auf zu picken.

Frau Neumann hatte ein weiches Herz und immer etwas Brot übrig. Dieses streute sie morgens auf die Terrasse. Eine Bank unter ihrem Apfelbaum lud zum Verweilen ein und so konnte sie die Taube beobachten.

Heute war ein richtig schöner Sommertag. Die Sonne strahlte heiß vom wolkenlosen Himmel herab. Doch Frau Neumann nickte gleich ein und schnarchte leise vor sich hin.

„Heute halte ich auch einen Mittagsschlaf", sagte die Taube zu sich und setzte sich auf einen schattigen Ast. Schnell schlief sie ein und träumte von einem fetten Regenwurm. Jäh erwachte sie von einem knisternden Geräusch.

„Was ist denn das?", fragte sie sich ängstlich.

Langsam, ganz langsam, drehte sie sich um und erschrak ganz fürchterlich.

Norbert und seine Freunde ließen unten auf der Wiese einen Drachen steigen. Sie schrien um die Wette.

Florian rief: „Meiner fliegt am höchsten!"

„Nein, meiner ist schon höher. Ich sehe es ganz genau", widersprach Norbert.

Doch dann drehte sich der Wind. Ein gelber Drachen mit einem lachenden Gesicht kam auf den Baum zugeflogen.

Aufgeregt flatterte die Taube auf ihrem Ast herum. Misstrauisch beäugte sie dieses Gesicht; es kam immer näher.

Schön war er anzusehen, der gelbe Drachen mit dem lachenden Gesicht. An der Seite flatterten lustige, rote Zöpfe. Er lächelte die kleine Taube freundlich an.

Doch dann ein Ratsch, der Drachen hing an einem Ast fest. Der Wind pustete immer stärker, doch auch er konnte den lustigen Drachen nicht wieder befreien. Hier hing er nun und lachte die kleine Taube vergnügt an.

Diese jedoch floh entsetzt in die hohe Tanne am Ende des Gartens. Hier fühlte sie sich sicherer. Von dort hörte man sie noch lange über ihren verpatzten Mittagsschlaf verärgert schimpfen. Mutig konnte man sie wirklich nicht nennen, die kleine Taube, wenn sie vor einem Drachen floh.

Inzwischen stieg Norbert in den Apfelbaum, um seinen Drachen zu befreien. Sein Vater half ihm bei der Reparatur.

Schon bald flatterte der bunte Drachen wieder in der Luft und stieg höher und höher, der Sonne entgegen.

Minka, die Katze – und die Spielzeugmaus

Ein schöner Sommertag begann.

„Ich gehe jetzt in den Garten", sagte die Mutter. Sie nahm ihr Strickzeug und setzte sich behaglich unter den Apfelbaum. Die Sonne blinzelte durch das Blätterdach und zeichnete Schattenspiele auf den Boden. Das Kätzchen Minka lag schlafend vor ihr.

„So liebe ich die Mittagszeit", murmelte die Mutter schon im Halbschlaf vor sich hin. Ein kleines Nickerchen konnte ja nicht schaden.

Unterdessen wachte Minka auf, blinzelte ein wenig verschlafen und erblickte den Wollknäuel. Es war aus dem Korb gefallen. Neugierig schlich das Kätzchen näher. Mit seiner kleinen Pfote griff es an das Knäuel, welches dadurch weiter rollte.

„Das ist ja lustig", dachte Minka und rollte den Wollknäuel immer weiter, um die Blumenkübel herum. Aber oh Schreck! Plötzlich verwickelte sich die Wolle um ihre kleinen Pfoten. Je mehr sie sich bewegte, umso weiter wickelte sie sich ein. Kläglich miaute sie. Die Mutter erwachte und sagte:

„Ja was machst du denn mit meiner Wolle?"

Minka schaute schuldbewusst, oder? Sie wollte sich befreien, um zur Mutter zu kommen, doch das führte nur dazu, dass sie sich noch weiter verstrickte. Die Mutter stand langsam auf, um Minka zu befreien. Sie wickelte die Wolle wieder auf, doch das dauerte eine Weile. Endlich war es geschafft.

Norbert kam in den Garten. Lachend erzählte die Mutter von der Tat des Kätzchens. Minka lag schnurrend auf ihrem Schoß und ließ sich kraulen.

Das brachte Norbert auf eine Idee….

Von den Aufregungen des Morgens erschöpft, schlief Minka auf dem Fußboden in der Küche. Nur die Barthaare zitterten ein wenig. Norbert fiel seine Spielzeugmaus ein.

„Das wird lustig."

Er beschloss, Minka ein wenig zu ärgern. Vergessen war, dass er einen Aufsatz schreiben musste. In seinem Zimmer suchte und suchte er.

„Wo ist sie denn nur, diese Spielzeugmaus?",

fragte er sich verärgert. Da, endlich fand er sie, ganz versteckt im hintersten Zimmereck. Lächelnd zog er die Maus auf, während er die Treppe hinuntersprang.

„Hoffentlich ist Minka noch nicht aufgewacht", dachte er.

Doch nein, diese schlief leise schnurrend. Norbert legte sich lang auf den Fußboden, zog die Maus noch einmal auf, um sie dann losfahren zu lassen.

Die Katze erwachte von dem Geräusch. Sie starrte die Maus, die im Kreis fuhr, an. Immer schneller bewegte sich die Maus auf Minka zu. Minka machte einen Buckel und fauchte. Sie hatte Angst vor der Maus, die laut auf sie zukam, wich zurück.

Um Norbert machte sie lange Zeit einen großen Bogen.

Das Loch gegenüber – wie ein Haus entsteht

Norbert stand am Fenster und drückte sich die Nase platt. Auf der anderen Seite fuhr gerade ein Bagger langsam heran. Norbert wusste, dass dort drüben ein neues Haus gebaut werde sollte. Gespannt beobachtete er, wie der Bagger sich in die Erde grub. Immer tiefer und breiter wurde das Loch. Ein Lastwagen nach dem anderen wurde mit dem Aushub beladen und fuhr davon.

„Wo bringen die Lastwagen die ganze Erde hin?", fragte Norbert seinen Vater. Dieser trat ans Fenster und schaute hinüber.

„Der Boden wird auf einem großen Platz gelagert. Später füllt man mit der Erde wieder die Löcher um das Haus herum auf, mit dem Humus legt man den Garten an", erklärte sein Vater.

Da hielt ein Auto vor dem Haus und Norberts Freund Tim kam mit seinen Eltern.

Aufgeregt lief Tim zu Norbert ans Fenster. Sie konnten beobachten, wie im Augenblick ein Kran ankam und aufgebaut wurde.

„Schau einmal Norbert, da wird bestimmt ein Hochhaus gebaut, so hoch wie der Kran ist", rief Tim begeistert.

Gespannt verfolgten die beiden Freunde, die Geschehnisse auf der anderen Seite.

Tim versprach: „Ich komme jetzt jeden Tag zu dir."

Ihre Eltern schauten sich lächelnd an.

Norbert lernt Skifahren

Norberts Freunde warteten schon auf ihn. Auf der anderen Seite des Dorfes wollten sie das Skifahren lernen.

Nick, der Skilehrer erwartete sie schon.

Norbert versuchte auf seinen Skiern stehen zu bleiben, doch er purzelte immer wieder in den Schnee.

Geduldig erklärte Nick: „Ihr werdet es schon lernen, ihr müsst immer wieder üben."

Er nahm Norbert zwischen seine langen Beine und fuhr mit ihm den Abhang hinunter. Dann kam Florian an die Reihe und so weiter.

Nachdem Nick immer wieder erklärt hatte, was sie beachten müssten, um auf den Brettern stehen zu bleiben, versuchte Norbert es allein. Immer wieder. Nick lobte ihn für seine Ausdauer. Doch Norbert fiel immer wieder in den Pulverschnee.

Zum Abschluss durften sie noch einige Male mit dem Schlitten den Abhang hinunter rodeln.

So verging der erste Tag des Skikurses sehr schnell.

„Morgen komme ich wieder", strahlte Norbert Nick glücklich an.

Alltag des Nikolaus

Heute sollte der Nikolaus kommen. Norbert und Florian warteten schon aufgeregt im Wohnzimmer.

Immer wieder fragten sie: „Wann kommt er denn?"

Plötzlich ertönte eine Glocke und der Nikolaus trat ins Zimmer. Die Kinder erschraken fürchterlich. Mit tiefer Stimme las der Nikolaus die Sünden der Kleinen vor.

Norbert und Florian versprachen sich zu bessern. Dann sangen sie noch mit leiser Stimme:

„Nikolaus ist ein braver Mann", und bekamen die heißersehnten Geschenke.

Doch auch ein Nikolaus kann mit einem irdischen Polizisten in Kontroversen kommen.

Am Montagabend, dem 6. Dezember wartete ein Streifenbeamter an einem kleinen, unscheinbaren Auto. Er wartete auf den

Fahrer, der völlig unvorschriftsmäßig und keck sein Auto in ein deutlich bezeichnetes Parkverbot gestellt hatte. Gerade überlegte der Polizist, ob er seinen Block mit vorgedruckten Aufforderungen, sich auf dem Revier zu melden, hervorziehen sollte. Aber es war sehr kalt. Er ließ seine Hände lieber in den dicken, warmen Handschuhen. Sollte er weitergehen? Doch da entdeckte er eine vermummte Gestalt. Diese kam aus einem Hauseingang und lief auf das Auto zu.

So wurde er sofort wieder zur Amtsgestalt.

„Sie", sagte der Ordnungshüter. „Sie, haben Sie nicht gesehen, dass sie im Parkverbot stehen?"

Der Fremde, der dem Polizisten bisher den Buckel hinstreckte, drehte sich um.

Dem Polizisten schlotterten plötzlich die Knie. Der Autofahrer trug eine Kutte, einen mächtigen weißen Bart, eine Rute in der Hand und sah ehrfurchtsvoll drein.

…im Parkverbot stehen", monierte der Beamte nur noch schwach und wäre viel lieber weit weg gewesen.

„Stimmt!", brummte der Nikolaus und ließ lässig die Rute kreisen.

„Im Parkverbot darf man Be- und Entladen."

„Allerdings", stimmte der Beamte zu.

Der Nikolaus schwenkte seinen leeren Sack.

„Und wie Sie hier sehen, habe ich entladen – Äpfel, Nüsse und viele anderen Sachen – habe ich zu Norbert und Florian, die in diesem Haus wohnen und den Kindern in den Nachbarhäusern, gebracht.

„Oh!", lächelte da der Polizist. „Ich wünsche Ihnen ein frohes Weihnachtsfest!"

Am liebsten hätte er noch „lieber Nikolaus" zugefügt.

Doch da genierte er sich. Ein Polizeibeamter ist ja schließlich kein kleines Kind mehr.

Fröhliche Weihnachten...., kleiner Schneemann

Es schneite. Norbert und Florian bauten am Waldrand einen Schneemann. Nun liefen sie schnell nach Hause. Traurig schaute der kleine Schneemann ihnen hinterher. Er hatte noch gar keine Mohr-Rüben-Nase.

Der Fuchs, das Reh und auch das Wildschwein liefen an dem traurigen, kleinen Schneemann vorbei.

„Heute kommen die Kinder nicht wieder", sagten sie zu ihm, „denn heute ist Weihnachten."

Auch die Tanne schüttelte ihre Zweige und der kleine Schneemann bekam ein paar Schneeflocken auf seinen Kopf. Er hatte auch noch keine Mütze, ihm war kalt.

„Weihnachten?", fragte der kleine Schneemann, „was ist das?"

Der Tannenbaum erwiderte traurig:

„Heute ist das Christkind geboren. Da schmücken die Leute einen Tannenbaum, es gibt viele Geschenke. Aber auch ich stehe immer noch hier. Viele Tannenbäume stehen schon in der Stube oder in einem Garten, haben bunte Lichter und viele Kugeln hängen an den Zweigen."

Wieder schüttelte er ein paar Schneeflocken von seinen Ästen. Plötzlich erhellte ein Lichtschein den Wald. Norbert, Florian und seine Freunde kamen zurück. Sie trugen Lichter in den Händen und schmückten den Tannenbaum. Der kleine Schneemann bekam seine Pudelmütze und einen dicken Schal. Eine rote Mohr-Rüben-Nase schmückte jetzt sein Gesicht. In der rechten Hand hielt er einen Strohbesen, in die linke Hand bekam er einen Tannenzweig mit einer brennenden Kerze. Nun ist auch dem kleinen Schneemann klar, dass Weihnachten etwas Besonderes ist.

„Oh Tannenbaum, oh Tannenbaum", erklang es aus den Kehlen der Kinder. Sie trafen nicht immer den richtigen Ton, und kannten auch die Strophen nicht genau, aber das machte nichts, es war Weihnachten. Da wurde dem kleinen Schneemann ganz feierlich zu mute. Er bemerkte gar nicht, dass seine Hand, in der er die Kerze hielt, immer kleiner wurde.

Schnell wurden die Kerzen gelöscht. Auch der Tannenbaum verlor seinen hellen Schein.

Verfroren, doch glücklich, liefen die Kinder nach Hause, um mit ihren Eltern und Geschwistern Weihnachten zu feiern.

Noch lange hörte der kleine Schneemann ihre Stimmen. Es wurde dunkel und kalt, doch der kleine Schneemann kuschelte sich tief in seinen Schal und träumte von Weihnachten – von einer Waldweihnacht -

Es war einmal…, ein Lausbub

An einem strahlenden Sommertag in den Ferien fuhren Vater, Mutter, Norbert und sein Bruder Florian wieder einmal in ihr Gütle. Dieses Gütle lag inmitten von Obstgärten, nicht weit von Stuttgart entfernt.

Eine kleine Hütte, in der ein Tisch, Stühle, und eine Bank aufbewahrt wurden, stand auf dieser Wiese. Außerdem fanden Gartengeräte darin ihren Platz.

Hier wuchsen Äpfel, Birnen, Quitten, Johannis- und Stachelbeeren.

Dieses Obst verarbeitete Norberts Mutter zu Marmelade oder sie gefror es ein. Die Mutter pflanzte auch viele Blumen.

Ein kleiner Bach durchfloss das Grundstück. Hier fühlten sich auch Fische, Frösche und sonstige Kleinlebewesen wohl. Es war ein Platz, an dem sich die Familie gerne aufhielt.

Die Sonne schien heiß vom wolkenlosen Himmel. Es versprach ein richtig schöner Tag zu werden.

Sie beluden ihr Auto mit allem, was sie für den Nachmittag brauchten. Am Abend wollten sie Grillen.

So ausgerüstet machten sie sich lachend und plaudernd auf den Weg.

Norberts Vater war ein großer stattlicher Mann, seine Mutter, eine kleine quirlige Frau. In ihrem großen Picknickkorb befanden sich Kuchen, Kaffee und Saft. Auch an den Grillabend hatte sie gedacht.

Angekommen auf der Wiese trugen sie alles in die alte, windschiefe Hütte.

Während der Vater von den Obstbäumen, die zum Teil schon viele Jahre auf der Wiese standen, Äpfel pflückte, deckte die Mutter den Kaffeetisch. Einen frischen Wiesenstrauß stellte sie auf den schon etwas wackeligen Tisch, den sie zuvor unterlegt und mit einer karierten Decke überzogen hatte. Schnell noch die Stühle heraus und schon rief sie nach ihrem Mann und den Kindern. Der Kaffee duftete herrlich und der Apfelkuchen sah zum Anbeißen aus.

Die Badehosen hatten Norbert und Florian schon angezogen, denn die Wiese lag ja an einem kleinen plätschernden und kurvenreichen Bach. Das Wasser war kalt, doch mutig bespritzten sie sich.

Anschließend jagten sie den Schmetterlingen hinterher, um sie zu fangen. Doch diese flogen anmutig davon.

Aber was war das? Gerade spielten ihre beiden Söhne noch an dem Bach. Norbert war jedoch plötzlich verschwunden. Er hatte sich heimlich angezogen, seine Kappe mit dem

Schild verwegen aufgesetzt, und war - zum Gartentor hinausspaziert.

So kleine Lausbübereien erfand er des Öfteren, um seine Mutter zu erschrecken.

„Wo ist Norbert?", fragte die Mutter Florian.

Dieser schaute umher, konnte seinen Bruder jedoch nirgends entdecken. Ihm war vor lauter Spielen am Bach nicht aufgefallen, dass Norbert verschwunden war.

„Du weißt doch", antwortete er,

„Norbert spielt uns immer wieder einen Streich. Er hat sich sicher versteckt, um uns dann zu erschrecken."

„Er wird beim Nachbarn sein", vermutete der Vater.

So plötzlich wie er verschwunden, tauchte Norbert auch wieder auf. Er hielt etwas in der Hand, dass er jedoch hinter seinem Rücken versteckt hielt.

„Wo warst du?", fragte seine Mutter neugierig.

Doch er zuckte nur mit den Schultern. Sie trat näher. Auch Florian wollte gerne wissen, was Norbert versteckt hielt.

„Sicher hat er wieder einen Apfel vom Nachbarbaum gestohlen", verdächtige er seinen Bruder.

„Wir haben doch genug eigene Äpfel", sagte die Mutter streng zu Norbert.

„Du weißt doch, dass man nicht stehlen darf, auch keinen Apfel."

Norbert machte ein zerknirschtes Gesicht, um dann seine Mutter lausbubenhaft anzulachen. Er hielt die Hände nach vorn. In den Händen hielt er einen großen, geschälten Apfel. Diesen hatte er von der freundlichen Nachbarin geschenkt bekommen. Sie hatte ihn geschält, um zu sehen, ob sich ein Wurm darin versteckte.

Die Mutter entschuldigte sich für ihren Verdacht. Sie wusste, ihre Kinder trieben allerlei Unsinn, doch stehlen würden sie nicht.

Ihren Jüngsten ermahnte sie noch:

„Du darfst nie jemanden verdächtigen oder verurteilen, bevor du nicht die ganze Geschichte kennst!"

Florian machte ein schuldbewusstes Gesicht. Er versprach, niemals mehr voreilig einen Verdacht zu äußern.

So hatte Norbert, der kleine Lausbub, allen eine Lektion erteilt.

Der weitere Tag auf „ihrer Wiese" verging schnell. Die Kinder spielten Fangen und Verstecken.

Die Eltern unterhielten zu mit den Nachbarn, die mähten, ernteten oder einfachen nur dasaßen, um den schönen Sommertag zu genießen und dem fröhlichen Gezwitscher der Vögel zu lauschen.

Abends saßen sie gemütlich mit den Großeltern, die auch gekommen waren, beim Grillen.

Norberts Mutter erzählte die Geschichte von ihrem „kleinen Lausbub".

Der Apfeldieb

Norbert war ein richtiger Lausbub. Immer wieder heckte er etwas Neues aus.

Norbert kam auf dem Heimweg von der Schule an einem Apfelbaum vorbei. Herrliche rotbackige Äpfel lachten zu ihm hinunter. Leider stand dieser Apfelbaum aber in einem fremden, umzäunten Garten.

Da stand er nun vor dem Apfelbaum und überlegte; wie komme ich jetzt an einen dieser roten Äpfel? Er schaute nach rechts und er schaute nach links. Niemand war zu sehen.

Schnell sprang er über den recht niedrigen Zaun. Auch hier wieder ein Blick nach rechts, dann einer nach links. Norbert konnte niemanden entdecken. So kletterte er geschwind auf den Baum und setzte sich auf einen Ast. Schon griff er sich einen der roten Äpfel.

Hm, schmeckten die gut. Er beschloss, noch ein wenig auf dem Apfelbaum sitzen zu bleiben. Nachdem er sich noch einen zweiten Apfel gepflückt hatte, den er in die

Hosentasche schob, beschloss er, wieder hinunterzuklettern.

Aber das war gar nicht so einfach. Vorsichtig, ganz vorsichtig, stieg er von einem Ast zum anderen. Endlich war er mit einem letzten Sprung auf der Wiese angekommen.

Nanu, da stand ja der ältere Herr, der vorhin noch auf der Bank in der Einfahrt gesessen hatte. Norbert wurde ganz blass.

Er schaute den Fremden treuherzig an und sagte zu ihm:

„Die Äpfel schmecken schön saftig."

Zunächst versuchte dieser noch ein wenig streng auszusehen, aber dann zog ein Lachen über das faltige Gesicht.

Ganz langsam erhellte sich auch das Gesicht von Norbert wieder.

„Mir gehört dieser Apfelbaum", sagte er. „Du hättest dich verletzen können. Versprich mir, dass du nicht wieder auf den Baum klettern wirst. Komm zu mir, wenn du einen Apfel möchtest."

Ganz leise sprach er dann: „Ich bin als Junge auch auf fremde Apfelbäume geklettert und meine Mutter hatte es mir verboten, aber um einen Apfel bitten, ist ungefährlicher."

Norbert versprach: "Ich werde nie wieder hinaufklettern. Darf ich die Äpfel behalten?"

„Ja."

Beide sahen sich lächelnd an.

„Vielen Dank, aber jetzt muss ich schnell nach Hause."

Seine Mutter erwartete ihn schon ein wenig sorgenvoll. Er war zu lange ausgeblieben. Sie sah ihn an, sah seine schuldbewusste Miene. Er schmiegte sich an sie.

„Du bist die beste Mutter der Welt", schmeichelte er.

Zusammen gingen sie ins Haus. Norbert erzählte, was er auf dem Heimweg von der Schule erlebt hatte.

Ein Angler – ein Storch, ein Frosch und eine Biene

Schnell schlüpfte Norbert in seine gelben Gummistiefel, denn er beschloss, heute Angeln zu gehen und schnappte sich seine Angelrute.

In einem Park in der Nähe lag ein kleiner See. Es war friedlich und still. Ähren wiegten sich im Wind. Ein Frosch hielt auf einer Seerose sein Mittagsschläfchen und auch der Storch döste auf einem Bein am Ufer vor sich hin. Die Biene summte entspannt vor sich hin und schwebte von Blüte zu Blüte. Ihr Summen weckte den Frosch und dieser beschloss, die Biene zu fangen und zu verspeisen.

„Dann kann ich mein Mittagsschläfchen fortsetzen."

Schon setzte er zum Sprung an, da nahm er hinter sich eine Bewegung war. Er sah noch, wie der Storch weiter ins Wasser watete. Dieser war durch das Rascheln der Seerose aus seinen Träumen gerissen worden.

„Ach, das ist ja ein schönes Mittagessen, ich werde den Frosch fangen", freute er sich. Er klapperte noch einmal mit dem Schnabel und trat einen weiteren Schritt ins Wasser. Doch der Frosch witterte die Gefahr, sprang mit einem beherzten Sprung ins Wasser und verschwand unter den Seerosenblättern. Nur die Biene summte weiter vor sich hin. Sie hatte gar nicht bemerkt, in welcher Gefahr sie schwebte.

Der Frosch beruhigte sich lange nicht. Er blieb lieber noch eine Weile verborgen und der Storch klapperte immer noch verstimmt vor sich hin.

Amüsiert beobachtete Norbert dies alles, dem ein großer Stein als Sitzplatz diente und ein darunter liegender kleiner, um darauf seine Füße zu setzen.

Schnell warf er die Angelrute aus. Sein Vater hatte ihm immer wieder erklärt: „Das Angeln setzt voraus, dass man sich sehr ruhig verhalten muss."

So wartete Norbert geduldig. Plötzlich ein Ruck. Langsam zog er die Angelrute aus dem Wasser.

Doch was war das? Norbert hielt eine Blechdose an der Leine. Wütend kickte er die Dose zurück ins Wasser, doch oh weh, der Stiefel flog in hohem Bogen hinterher.

Ein Fisch streckte ganz erschrocken seinen Kopf hervor, um dann schnell wieder unter zu tauchen

„Oh je!" Leise las er jetzt erst das Schild: „Baden und Angeln verboten!"

Wie sollte er jetzt wieder zu seinem Stiefel kommen? Sichernd sah Norbert sich um. Niemand war zu sehen. Ungeduldig zog er an dem zweiten Stiefel, der sich jedoch nicht so leicht abstreifen ließ. Endlich! Unter seiner Jeans trug er Gott sei Dank seine Badehose. Vorsichtig schaute er sich noch einmal um. Dann ging er langsam in das Wasser und tauchte nach seinem Stiefel. Dieser jedoch hatte sich verhakt und so tauchte Norbert erst einmal wieder auf, um Luft zu holen. Fast wäre er zurück ins Wasser gefallen, denn am Ufer stand der Parkwächter und schaute grimmig drein.

„Kannst du nicht lesen?", fragte er.

„Doch", stotterte Norbert, „aber mein Stiefel liegt hier unten. Ich will ihn nur noch schnell herausholen."

Noch einmal tauchte er, bekam den Stiefel zu fassen und krabbelte ans Ufer zurück.

„Wie kam denn dein Stiefel in das Wasser?", fragte streng der Parkwächter.

Schuldbewusst erzählte Norbert wie er angeln wollte, dass er aber nur eine leere Blechdose herausgezogen hatte.

„Dann habe ich die Dose ins Wasser gekickt, dabei flog mein Stiefel hinterher", verteidigte er sich.

Schmunzelnd sagte Parkwächter Herrmann:

„Für heute will ich noch einmal ein Auge zudrücken, denn deine Strafe hast du ja schon bekommen. Nimm deine Sachen und lauf schnell nach Hause. Lass dich ja nicht mehr von mir erwischen."

„Danke", konnte Norbert nur noch stammeln. „Bestimmt nie mehr."

„Da hast du ja noch einmal Glück gehabt. Parkwächter Herrmann ist sehr streng", so der Kommentar seiner Mutter.

Ein Wandertag vor den Ferien

„Hurra, heute müssen wir nicht in die Schule, denn heute ist Wandertag", strahlte Norbert mit der Sonne um die Wette.

Sein Freund Ferdinand holte ihn wie jeden Morgen ab. Zusammen sprangen sie die Straße hinunter zur Schule. Von dort aus würden sie mit ihrer Lehrerin, Frau Hartmann, in den Wald gehen.

Fröhlich sangen alle: „Das Wandern ist des Müllers Lust, das waaandern, das wandern, das waaandern."

Die Lehrerin machte sie auf bunte Schmetterlinge, die in der Luft zu schweben schienen, aufmerksam. Wieder andere wiegten sich auf den Blüten der roten Mohnblumen.

Frau Hartmann fragte nach den Namen der Blumen, die am Wegesrand blühten; Spitzwegerich, die Kamille, die Brennnessel, die Margerite, das Gänseblümchen, die Schlüsselblume.

Käfer überquerten schnell den Weg. Da, ein Marienkäfer. Libellen schienen in der Luft still zu stehen. Frau Hartmann bedeutete uns plötzlich, ganz leise zu sein. Sie hatte in einem Kastanienbaum ein Nest entdeckt.

Die Vogelmutter, eine Walddrossel, flog eilig heran, setzte sich abwartend auf einen Zweig. Sie erkannte keine Gefahr. Wir wagten kaum zu atmen und waren mucksmäuschenstill. Unsere Augen hingen gebannt an der Drossel. Ein Regenwurm hing aus ihrem Schnabel. Es piepste aus dem Nest, die Vogelkinder reckten sich dem Wurm entgegen. Jedes wollte das erste sein. Fünf zählten wir. Doch auch der Drosselvater beteiligte sich an der Fütterung.

Weiter ging es in den Wald hinein. Ein Eichhörnchen kletterte flink von Ast zu Ast; auf der Suche nach Nüssen.

Ein Jäger beobachtete durch sein Fernglas die Tiere. Bei uns Kindern blieb er stehen.

„Na, habt ihr auch schon einige Tiere gesehen?", fragte er uns.

„Hört ihr den Uhu? Dort oben sitzt er."

Wir durften durch sein Fernglas schauen. Danach verabschiedete er sich, um noch zu sagen:

„Dort auf der Lichtung ist ein Grillplatz. Und wenn ihr leise seid, werdet ihr noch viele Tier beobachten können."

Und fort war er. Sein Hund hatte eine neue Fährte entdeckt.

Wir sammelten für das Grillfeuer schnell ein paar Äste. Ein langer Stecken und schon hielten wir unsere rote Wurt über das Feuer.

Müde, aber mit vielen neuen Eindrücken beendeten wir den Wandertag und freuten uns auf die beginnenden Ferien.

Das Missgeschick – Ferien auf dem Bauernhof

In den großen Ferien durfte Norbert seinen Onkel und seine Tante auf ihrem Bauernhof besuchen.

Harro, der Schäferhund, der an einer langen Kette angebunden war, sprang jedes Mal hoch, wollte zu Norbert, doch dieser hatte immer noch große Angst vor dem Hund. Schnurrend streiften die Katzen um seine Beine. Wie das kitzelte.

„Hallo Norbert, herzlich willkommen", strahlte der Onkel. „Ruhe", rief er dem Hund zu.

„Schön, dass du uns einmal wieder besuchst", sagte die Tante und nahm Norbert in ihre Arme.

„Ja, ich freue mich auch", erwiderte Norbert. Leider hatten die beiden keine Kinder mit denen er herumtollen konnte.

„Morgen fangen wir mit der Heuernte an, du kommst gerade recht", schmunzelte der Onkel.

Ein irres Gefühl beschlich Norbert jedes Mal, wenn er oben auf dem Heuwagen saß, aber er würde niemals zugeben, dass er Angst hatte.

Norberts Eltern hatten keinen Urlaub und fuhren nach dem Mittagessen wieder nach Hause, mit dem Versprechen, später auch ein paar Tage zu bleiben.

Nachdem Norberts Eltern abgefahren waren, wusste er nicht so recht, was er anstellen sollte. Schlafen, wie Onkel und Tante? Vielleicht in der Hängematte zwischen den Bäumen?

Doch halt, da flog doch gerade ein vorwitziger, gelbroter Schmetterling an ihm vorüber. Richtig! Das war es, er wollte Schmetterlinge fangen.

Schnell holte er sich aus der Scheune ein Schmetterlingsnetz. Doch wo war der Schmetterling? Da flog er wieder vor seiner Nase herum. Langsam, ganz langsam näherte Norbert sich dem Schmetterling. Doch dieser entwischte immer wieder.

Auf der Wiese lagen die schwarzweißen Kühe widerkäuend im Schatten unter den Apfelbäumen. Manchmal schlugen sie mit dem Schwanz nach den lästigen Fliegen.

„Schau einmal, hierhin flog der Schmetterling", dachte Norbert. „Warte nur, dich fange ich schon."

Der Schmetterling setzte sich auf den braun gestrichenen Zaun. Wieder schlich sich Norbert näher, doch der Schmetterling erkannte wohl die Gefahr und flog davon, weiter in die Wiese hinein. Er ließ sich auf einer Butterblume nieder. Norbert wollte jedoch einfach noch nicht aufgeben. Er kletterte über den Zaun. Neugierig sah ihn die Kuh an und platsch ließ sie etwa fallen. Vor lauter Eifer, den Schmetterling zu fangen, stolperte Norbert einfach weiter, übersah den Kuhfladen.

„Mist", schimpfte er. Er lief mitten hinein, rutschte aus und war von oben bis unten wie braun angemalt.

Der Schmetterling allerdings saß noch immer auf der Butterblume und fasst könnte man meinen, er lache Norbert aus.

Schade, es war nur ein Traum

Am vorletzten Ferientag besuchten Norbert und Florian einen Bauernhof am Rande ihres Dorfes – und machten eine Entdeckung.

In der Scheune gab es einen Holzbalken, der etwas schräg stand und auf dem man prima hinunter rutschen konnte. Sie kletterten immer wieder hoch, um ins weiche Heu zu fallen.

Plötzlich schrie Florian: „Mensch, was ist denn das?"

Norbert stand noch oben auf dem Balken und konnte nichts sehen.

Er fragte: „Was ist denn los?"

Doch er bekam keine Antwort. „Was ist passiert?", rief Norbert laut. Florian meldete sich nicht.

Jetzt bekam Norbert Angst. Vorsichtig tastete er sich den Balken hinunter, denn rutschen wollte er jetzt nicht mehr.

Von seinem Bruder keine Spur. So lief er, so schnell er konnte zu dem Bauern und erzählte aufgeregt, was geschehen war.

„Na, da werden wir ihn einmal suchen müssen", schmunzelte der alte Bauer und klopfte Norbert beruhigend auf die Schulter. Dann ging er gemächlich zur Scheune. Er öffnete eine Luke im Boden und stieg eine kleine Holztreppe hinunter. Es roch ziemlich muffig, doch Norbert kletterte ihm nach.

Da lag Florian im Mist und heulte.

„Hast du dir wehgetan?", fragte der Bauer mitfühlend.

„Nein", stotterte Florian, „aber ich habe mich fürchterlich erschreckt."

Als Norbert Florian so anschaute, musste er lauthals lachen. Florian rappelte sich hoch, schnupperte und sagte humorvoll: „Ich stinke wie ein ganzer Misthaufen."

Wir mussten alle drei herzlich lachen – schade, aber es war nur ein Traum.

Opa versteht keinen Spaß

Heute sitzt Norbert artig mit seinem Opa auf einer Bank in ihrem Gütle. Doch schon bald wird es ihm langweilig. Er hat nichts zum Lesen dabei.

„Was soll ich tun?", fragte er seinen Opa.

Doch dieser war so in seine Zeitung vertieft, dass er nur einen brummenden Ton von sich gab. Im Bach konnte er auch nicht baden, denn das Wasser war viel zu kalt.

Nach einer Weile des Nachdenkens versteckte sich Norbert hinter einen Baum. Er hatte einen Holzstock gefunden, den er als Pistole benutzen konnte.

Er sprang hinter dem Baum hervor und schrie laut:

„Überfall, Hände hoch!"

Vor lauter Schreck riss sein Opa die Hände hoch, die Zeitung fiel hinunter. Fassungslos und schwer atmend stellte er dann fest, dass Norbert ihm nur einen Streich spielte.

„Mach das nie wieder", keuchte er. „Ich hätte einen Herzanfall bekommen können."

Dann vertiefte er sich wieder in seine Zeitung. Ein paar Tränen liefen Norbert über die Wangen und er schluchzte leise vor sich hin. Energisch wischte er sie sich mit seinen schmutzigen Händen ab.

Als der Opa das Schluchzen hörte, legte er die Zeitung beiseite und redete ihm beruhigend zu.

Norbert und Benny in der Bibliothek

„Siehst du irgendwo einen Mülleimer, Norbert?", fragte Benny.

„Nee, ich sehe nix", antwortete dieser.

„Und was mache ich dann hiermit? In der Bibliothek sollte man doch nichts essen!", meinte Benny nörgelig.

Doch Norbert war schon weitergegangen. Da ließ Benny die Bananenschale einfach fallen und lief seinem Freund hinterher.

Miriam hatte sich einen ganzen Stapel Bücher geholt und wollte sie zu einem Tisch bringen, um darin eventuell einige Anhaltspunkte für den Deutschunterricht zu finden. Sie war so fixiert auf ihren kleinen Hund, der sie aufmerksam anschaute – sie dürfte ihn eigentlich gar nicht mitbringen – dass sie die Bananenschale übersah. Doch Bello bellte und gab ihr dadurch zu verstehen, dass eine Gefahr bevorstand. Er sprang an ihr hoch. Die Bücher fielen ihr aus den Händen auf den Boden. Bevor sie jedoch ihren Hund ausschimpfen konnte, sah sie die Bananenschale.

„Du hast mich vor einem großen Sturz bewahrt", lobte sie ihn. Vergnügt sprang er um sie herum.

Durch den Lärm wurden Norbert und Benny angelockt. Benny erkannte, was er durch seinen Leichtsinn beinahe angerichtet hätte und entschuldigte sich bei Miriam. Dann halfen Norbert und Benny die Bücher wieder einzusammeln.

Der Deutschunterricht

„Norbert, aufstehen", rief die Mutter.

Norbert war aber immer noch sehr müde, kuschelte sich tiefer in die Bettdecke und wollte einfach nur noch weiter schlafen.

Die Mutter stieg schon die Treppe herauf. Sie zog ihm einfach die Bettdecke weg. Norbert protestierte. Die Mutter jedoch kannte kein Erbarmen.

So stand er auf, reckte und streckte sich. Im Badezimmer spritzte er sich ein paar Tropfen kaltes Wasser ins Gesicht,

Schnell nahm er noch Mutters Lieblingslippenstift und malte ein Herz auf den Spiegel.

Fertig angezogen sprang er die Treppe hinunter.

In der Küche war der Kaffeetisch schon gedeckt. Seine Eltern saßen beim Frühstück. Nutella Brot und Kakao warteten auf Norbert. Die Mutter packte sein Schulbrot und einen Apfel in den Schulranzen.

Auch sein Vater fuhr nun ins Büro. Als die Mutter, wie jeden Morgen die Küche verließ, um seinen Vater mit einem Kuss zu verabschieden, nutzte Norbert die Zeit, um die Ärmel von Mutters Jacke zusammen zu binden.

Verdächtig schnell sagte Norbert:

„Ich gehe jetzt in die Schule."

Schon war er draußen.

Vor dem Haus warteten schon seine Freunde, Rolf und Ulrich. Zusammen machten sie sich auf den Schulweg. Sie sprachen über die

Hausaufgaben. Norbert erzählte, dass er seiner Mutter einen Streich spielte. Alle drei lachten.

Neugierig kam ihnen Helga entgegen. Sie ging in die gleiche Klasse und wollte wissen, worüber sie lachten. Norbert informierte sie und auch sie lachte herzlich.

Kein Mädchen war vor ihm sicher. Er zog sie an den Haaren, schnitt Grimassen. Auch die jüngeren Mitschüler kamen nicht immer mit heiler Haut davon. Einer kleinen Rauferei ging Norbert nicht aus dem Weg. Er wusste ja, seine Freunde würden ihm helfen.

In der Schule versteckte Norbert Mützen, Schals und Handschuhe von seinen Klassenkameraden. Niemand war vor ihm sicher; immer fiel ihm etwas Neues ein.

Im Klassenraum wussten seine Lehrer genau, wer ihnen immer wieder einen Streich spielte. Es fehlten die Kreide, der Schwamm oder der Schwamm tropfte. Doch niemand konnte ihm wirklich böse sein.

Heute stellte er sich vor die Klasse.

„Hm, meine lieben Schüler!

Ich habe die große Ehre, euch heute etwas zu erzählen, was ihr mir nicht glauben werdet. Hört aufmerksam zu und passt genau auf.

Hmmmmm!

Also, dank der neuesten wissenschaftlichen Forschung sind wir in diesem Augenblick zu der Überzeugung gekommen, ah, hm, dass in der neuen Rechenmathematik eins plus eins nicht mehr zwei sind, sondern...

Was? Ihr wolltet etwas einwenden? Ihr wagt es mir zu widersprechen?

Seid ihr hier der Lehrer, hm, oder ich?

Haltet ihr doch die Rede, wenn ihr es besser könnt!"

Die Klasse quietschte vor Vergnügen, doch dann herrschte wieder Ruhe, denn jeden Augenblick konnte ihr Lehrer kommen.

Die Freunde verglichen ihre Hausaufgaben. Norbert hatte bei den Rechenaufgaben ein anderes Ergebnis.

Im Unterricht selbst war er sehr konzentriert und lernte leicht und schnell. Wenn nur der

Deutschunterricht nicht gewesen wäre. Lesen war ja noch ganz in Ordnung, aber das Schreiben…. Immer schlichen sich da Fehler ein. Wer sollte das auch alles behalten. Nach dem Punkt, Ausrufezeichen, Fragezeichen sollte er am Anfang groß schreiben? Wann musste ein Komma gesetzt werden? Kam „fiel" jetzt von fallen oder „viel" von viel Arbeit? Hieß es jetzt, „der Schnee", wird Schnee dann groß geschrieben und mit doppelt „ee", oder wird „es hat geschneit", klein geschrieben? Fragen über Fragen.

Norbert wusste es nicht immer so genau.

Der Lehrer, Herr Klein, versuchte immer wieder Norbert das Schreiben näher zu bringen.

„Norbert, du musst viel lesen. Lese laut vor dich hin. Schaue genau hin. Außerdem wirst du zu Hause üben müssen", sagte er.

Doch das war leichter gesagt als getan. Zu Hause hatte Norbert immer etwas anderes vor. Nach den Hausaufgaben spielte er lieber mit seinen Freunden Fußball.

Jedoch er sah ein – es musste etwas geschehen -. Zunächst würde er eine halbe Stunde lesen und schreiben. Laut vorlesen, hatte Lehrer Klein gesagt.

So las Norbert jetzt jeden Abend seiner Mutter eine Geschichte vor.

Nach einem halben Jahr fand Norbert den Deutschunterricht nicht mehr so schlimm.

Ein fabelhaftes Tor – durch einen Lattenschuss

Viele Vereine haben Kinder- und Jugendmannschaften. Norbert möchte, wie seine Freunde, im Verein spielen. Deshalb kam er heute mit seinem Vater in das Vereinsheim, um den Trainer kennen zu lernen. Dieser erklärte Norbert, dass die

Mannschaften nach Altersgruppen eingeteilt sind. Die Spieler sollten alle etwa gleich groß und gleich kräftig sein. Jede Mannschaft bestandaus sieben Spielern. Die spielten auf einem kleineren Spielfeld und eine Halbzeit dauerte zwanzig Minuten.

„Willst du gleich mitspielen Norbert?", fragte der Trainer. „Na klar!", strahlte dieser.

So fing alles an:

Norbert, Florian, Mario und Timo beschlossen mit ihren Fahrrädern zu dem Bolzplatz auf der anderen Seite des Dorfes zu fahren.

„Mario, du gehst ins Tor", bestimmte Norbert, „und du Florian spielst den Verteidiger."

Norbert und Timo dribbelten auf dem Spielfeld. Sie spielten sich die Bälle zu.

Immer wieder versuchte Florian an den Ball zu kommen, doch geschickt wichen Norbert und Timo aus.

Plötzlich ein Schuss von Norbert auf das Tor. Es wurde jedoch nur ein unglücklicher Lattenschuss. Norbert traf den mittleren

Torrahmen, von diesem prallte der Ball ab und Timo konnte durch einen Kopfball ein Tor erzielen.

Mario sprang hoch, streckte beide Arme hoch, doch er konnte das erste Tor nicht verhindern.

So wurde aus dem unglücklichen Lattenschuss doch noch ein fabelhaftes Tor.

Dann wurde gewechselt. Timo ging ins Tor und Norbert spielte den Verteidiger. So ging es reihum. Immer wieder gelang einem von ihnen ein Tor, aber das erste war doch das fabelhafteste.

Plötzlich wurde es lebendig auf dem Fußballplatz. Die vier waren nicht mehr allein. Zuerst kam Kai mit Bill dazu, dann die anderen aus ihren Gruppen.

Nach wenigen Minuten fing das Training an. Norbert hielt den Ball, dribbelte auf das gegnerische Tor zu. Unerwartet stieß ihn ein Gegner in den Rücken. Norbert stolperte und fiel hin. Durch diesen Sturz zog er sich eine blutende Schürfwunde zu. Entsetzt lief Florian auf Norbert zu, half ihm auf die Beine.

Für Norbert war für heute das Spiel zu Ende.

Gewonnen

Norbert und sein Freund Tommy beschlossen zum Fußballplatz zu gehen. Etwa hundert Meter vor dem Kickplatz

schlug Tommy seinem Freund vor:

„Mensch Norbert, zeig mal was du draufhast! Komm wir veranstalten ein Wettrennen. Wer als erster bei den Umkleidekabinen ist, hat gewonnen."

Norbert nickte mit dem Kopf und sagte: „Okay!"

Tommy zählte: „3-2-1, los!", und beide spurteten auf das Kommando in Richtung Fußballplatz.

Plötzlich sah Tommy eine große Pfütze, bog geschickt ab und lief um die riesige Wasserlache herum.

Norbert aber steuerte auf die Pfütze zu, sprang in großen Sätzen mitten durch das schmutzige Wasser und hatte dadurch einen Vorsprung, den Tommy nicht mehr aufholen konnte.

Norberts Schuhe waren zwar nass, aber er war stolz, dass er gewonnen hatte.

„Super", erkannte Tommy neidlos an.

Der Detektiv – auf frischer Tat ertappt

Oh, je, was war denn das?

Immer wieder fehlte Norbert etwas. Mal ein Bild, mal seine Hausaufgaben. Er wusste genau, dass er sie auf seiner Schulbank abgelegt hatte.

„Norbert, du musst besser auf deine Schulsachen aufpassen", ermahnte ihn die Lehrerin.

Aber nicht nur die Schulsachen fehlten, sondern auch seine Vesperbox und seine Trinkflasche.

„So kann es nicht weitergehen. Was ist eigentlich mit dir los?", fragte seine Mutter.

Doch Norbert konnte sich das Ganze nicht erklären. Auch Katrin war betroffen. Auch ihr fehlte immer wieder etwas, ein Bleistift, Radiergummi und sogar Buntstifte.

So beschlossen Norbert und sein Freund Christian einmal auf zu passen, wer die Dinge klaute.

In der Pause legten sie sich auf die Lauer. Sie versteckten sich hinter dem Pult der Lehrerin.

Katrin und Jasmin wurden in den Plan eingeweiht. Während der Pause schlenderten sie hierhin und dorthin, konnten jedoch nichts Auffälliges entdecken.

Katrin sah dann wie Jörg in die Schule schlich. Sie stupste Jasmin an. Sich weiter unterhaltend, schlenderten sie immer näher an den Eingang der Schule.

Husch, da waren sie auch schon drinnen. Doch wo war Jörg? Entschlossen liefen sie leise um die Ecke. Sie sahen gerade noch wie Jörg ins Klassenzimmer schlich. Leise, auf Zehenspitzen näherten sie sich der Tür.

Norbert und Christian lagen immer noch auf der Lauer. Ihnen war langweilig und ihre Geduld am Ende. Draußen spielen wäre schön, seufzten sie.

Langsam öffnete sich die Tür und Jörg kam herein. Aber was machte er da? Er holte sich die Rechenaufgaben aus Norberts Schulranzen und schrieb mit dem Bleistift von Katrin die Hausaufgaben ab. Er verschrieb sich, fluchte leise vor sich hin und benutzte dann auch noch den Radiergummi. Die Buntstifte benötigte er, um sein Bild zu vervollständigen.

Jörg hörte ein Geräusch und warf alles geschwind unter sein Pult.

Katrin und Jasmin rissen die Tür auf. Norbert und Christian schnellten hinter dem Pult hervor.

„Wir haben ihn", jubelten sie und hielten Jörg mit vereinten Kräften fest.

In diesem Moment kam die Lehrerin.

„Nanu", wunderte sie sich, „was ist denn hier los?"

Alle vier redeten zur gleichen Zeit, doch die Lehrerin sagte:

„Langsam, langsam, einer nach dem anderen."

Die vier erklärten ihrer Lehrerin ihren Plan, herauszufinden, wo die gestohlenen Sachen geblieben waren. Sie erzählten, wie sie Jörg überführt hatten. Jörg wollte sich losreißen, aber die vier ließen ihn nicht los. Die Lehrerin bat sie, Jörg loszulassen und Platz zu nehmen, um die Angelegenheit zu klären. Jörg schämte sich, als Dieb erwischt worden zu sein. Er entschuldigte sich und sprach:

„Ich hatte vergessen, meine Hausaufgaben zu machen, schon ein paar Mal. Vor lauter Fußballspielen vergaß ich alles, auch mein Mäppchen. Also borgte ich mir bei Norbert die Hausaufgaben und bei Katrin den Bleistift und die Buntstifte. Norbert und Katrin sitzen ja rechts und links neben mir. Sobald ich ein

Geräusch hörte, warf ich alles unter meine Bank. So kam es, dass alles verschwand, weil ich keine Zeit mehr hatte, es auf seinen Platz zu legen und in Ordnung zu bringen."

Die Lehrerin hörte sich alles geduldig an, dann sprach sie:

„Du weißt sehr wohl, dass Norbert und Katrin dadurch schlechte Noten bekamen, weil ich ihnen nicht glaubte."

Jörg zeigte sich zerknirscht. Er bat Norbert und Katrin um Verzeihung.

Doch wo waren die Vesperdose und die Trinkflasche?

„Das kann ich erklären", sagte die Lehrerin. „Norbert hatte sie wohl selbst auf der Mauer auf dem Schulhof liegen lassen. Er kann sie beim Hausmeister abholen."

Inzwischen ging die Pause zu Ende. Die Mitschüler strömten ins Klassenzimmer und erfuhren von der Aufklärung der „Diebstähle". Sie werden alle in Zukunft lieber eingestehen, etwas vergessen zu haben. – Zu seinen Fehlern muss man stehen –

Lügen haben kurze Beine

„Hast du deine Hausaufgaben, Jörg?", fragte die Lehrerin.

Jörg antwortete: „Ja, ich habe den Aufsatz geschrieben."

„Schön, dann ließ ihn doch bitte einmal vor", bat sie freundlich.

Jörg antwortete verlegen: „Ich kann nicht. Ich habe… mein Heft vergessen. Es… das…. es liegt zu Hause in… auf dem Küchentisch. Meine Mutter sollte den Aufsatz durch lesen, und dann…. habe ich das Heft liegen lassen."

Die Lehrerin lachte und sprach: „Das ist doch nicht schlimm. Lauf schnell hinüber. Du wohnst doch direkt gegenüber. In drei Minuten bist du wieder da."

Jörg aber blieb sitzen.

„Was hast du denn?", fragte die Lehrerin erstaunt.

Der Junge erwiderte: „Ich…, ich habe gelogen, ich habe den Aufsatz nicht gemacht."

Die Lehrerin sah ihn traurig an.

„Jörg, das war doch wirklich nicht nötig, wegen so einer Kleinigkeit so großartige Lügen zu erfinden, nicht wahr?"

Und Jörg nickte beschämt.

Der Samstagabendkrimi

Norbert und Florian waren allein zu Hause. Ihre Eltern waren bei Freunden.

„Geht nicht so spät ins Bett", hatte sie die Mutter noch ermahnt.

„Heute schauen wir uns einen Krimi an", sagte Norbert zu Florian. Die Beiden lagen auf dem Fußboden vor dem Fernseher, Chips und Cola vor sich.

Und schon ging es los:

Der Polizist Lothar Holstein saß an seinem Schreibtisch und träumte von einem großen Fall. Plötzlich ein Schrei! Er lief zum Fenster und sah, dass zwei maskierte Männer die gegenüberliegende Bank überfielen. Sofort verständigte er seine Kollegen in der naheliegenden Kreisstadt.

„Kommt schnell, gerade wird hier die Bank überfallen."

So schnell er konnte, lief er auf die andere Straßenseite und sah, wie die Maskierten einen Sack aufhielten und Geld forderten.

„Wenn wir das Geld bekommen, passiert nichts und wir nehmen auch keine Geisel", erklärte einer der Beiden.

Die Bankangestellte füllte den Sack, drückte jedoch unbemerkt einen Knopf. Dieser wurde sofort in der Polizeizentrale aufgenommen.

Sie wusste ja nicht, dass Wachtmeister Holstein schon draußen auf die Bankräuber wartete.

Während die Räuber zur Tür liefen, verloren sie schon einige Geldscheine.

Inzwischen warteten die Kollegen aus der Stadt schon auf die Räuber, um sie noch vor Ort festzunehmen. Die ließen sich anstandslos festnehmen.

„Das war knapp. Danke, es wurde niemand verletzt und das Geld konnten wir auch durch ihr schnelles Eingreifen retten", bedankte sich der Direktor bei den Polizisten.

Sein besonderer Dank galt jedoch Wachtmeister Holstein, der so schnell und umsichtig gehandelt hatte.

Norbert und Florian war es doch ein bisschen unheimlich und sie beschlossen, doch keinen Krimi anzuschauen, wenn die Eltern nicht zu Hause waren.

Ein Sommertag im Freibad

Norbert, Florian und Tobias hatten heute Nachmittag Hitzefrei. Sie wollten ins Freibad.

Schnell die Badesachen gepackt und schon ging es los. Sie fuhren mit ihren Rädern.

Im Freibad ging es schon lustig zu.

„Kommt hierher", riefen ihre Mitschüler.

Norbert erzählte von dem Streich, den er Minka, seiner Katze mit der Spielzeugmaus spielte. Alle lachten und

bald begann eine Wasserschlacht. Sie rauften, drückten sich gegenseitig unter die Oberfläche und bespritzten sich.

Nur Tobias stand am Beckenrand und schaute neidisch zu seinen Freunden, die sich im tiefen Wasser tummelten.

Vorsichtig ging er die Treppen im Nichtschwimmerbecken hinunter. Er tastete sich langsam vor. Bis zum Seil wollte er, da würde er sicher stehen können. Doch schon stand ihm das Wasser bis zum Hals und er schaute sehnsüchtig zum Beckenrand. Nur noch einige Schritte trennten ihn vom sicheren Seil. Auf einmal bekam er einen Stoß und verlor sein Gleichgewicht. Panik brach in ihm auf. Er wollte schreien, bekam jedoch nur den Mund voll Wasser.

Norbert hatte vom Beckenrand Tobias und seine ersten vorsichtigen Versuche im Nichtschwimmerbecken beobachtet.

Dann rief er lauthals:

„Florian komm doch bitte schnell, Tobias ist umgestoßen worden. Er kann doch nicht schwimmen."

Schon hechtete er ins Wasser. Fast gleichzeitig kamen die beiden Brüder bei Tobias an, um ihn gerade noch rechtzeitig aus dem Wasser zu holen.

„Das war knapp", lobte der Bademeister, der gleich zur Stelle war. Durch die Widerbelebungsversuche spuckte Tobias das Wasser aus.

„Wo bin ich?" fragte er. Und schon fing er an zu zittern, denn das Erlebnis kehrte in sein Bewusstsein zurück.

„Mach dir keine Sorgen, deine Freunde haben auf dich aufgepasst, aber es wird wohl das Beste sein, wenn du jetzt einen Schwimmkurs mitmachst, damit so etwas nicht wieder vorkommen kann. Übermorgen fängt einer an, dann bist du in den Ferien schon sicherer. Das

Seepferdchen kannst du auch hier im Freibad machen."

Beruhigend sprach der Bademeister auf Tobias ein und wirklich, das Zittern ließ nach und er konnte schon wieder lachen.

„Versprochen", erwiderte Tobias.

Für heute hatten die drei Freunde jedoch genug. Sie bedankten sich bei dem Bademeister, riefen „Ade" zu ihren Mitschülern und fuhren mit ihren Rädern nach Hause.

Tobias Mutter wunderte sich, warum ihr Sohn so plötzlich Schwimmen lernen wollte, war er doch eher wasserscheu.

Erst viel später, nachdem Tobias sein Seepferdchen gemacht hatte, erzählten sie von dem Zwischenfall im Freibad.

Im Gestüt – die Pferde

An einem herrlichen Sommertag fuhren Norbert, Florian und ihre Oma in das Gestüt Marbach.

Sie besuchten jedes Jahr in den Ferien die Pferde.

Zunächst holten sie ihren Parkschein an der Parkuhr, die von Sonnenenergie gespeist wurde.

Vom Parkplatz aus mussten sie noch ein paar Schritte laufen. Vorbei ging es zunächst an der Schmiede und sie durften zuschauen, wie ein Pferd ein neues Hufeisen bekam.

Sie durchschritten ein hohes, eisernes Tor, um auf den Gestütshof zu gelangen.

Hier fand gerade eine Führung statt.

„Ein Traum ist das weltbekannte Haupt- und Landgestüt Marbach mit seinen Gestütshöfen Marbach, Offenhausen und St. Johann. Über 500 Pferde - edle Warmbluthengste, liebenswerte Schwarzwälder Füchse und stolze Vollblutaraber haben hier ihre Heimat im ältesten Gestüt Deutschlands", erklärte eine junge Gestütsmitarbeiterin.

„Es wurde vor über 500 Jahren von den baden-württembergischen Herzögen gegründet. Heute ist das Gestüt dem Ministerium für den Ländlichen Raum und dem Verbraucherschutz Baden-Württemberg unterstellt. Die Warmblutherde diente zur Verbesserung der Sportpferdezucht und die Vollblutaraberherde pflegte das Erbe König Wilhelm I., der 1817 die erste Araberzucht in Europa gründete. Rund achtzig Pferde werden jährlich auf Charakter und Reiteigenschaften geprüft.

An dem Brunnen erinnert die Pferdestatue aus Bronze „Julmond" an die Gründung des Gestüts. Er ist auch hier beerdigt worden."

„Puhhh, das war viel Information auf einmal", stöhnte Norbert.

„Jetzt gehen wir erst einmal alleine weiter", sagte auch Florian.

Im ersten Gebäude befand sich die Waschanlage in der gerade ein Pferd gebürstet und abgespritzt wurde. Es schnaufte zufrieden vor sich hin. Der Pfleger erklärte den beiden

Jungen dann die Föhnanlage unter der die Pferde getrocknet wurden.

Einige Pferde standen noch im Stall. Sie dösten vor sich hin, knabberten am Heu oder lagen einfach im Stroh.

Norbert entdeckte oberhalb des Stalls die Schilder mit den Namen der Pferde. Weiter, wann sie geboren, und wie die Eltern hießen. Er staunte, manche der Pferde waren so alt wie er. Auch was die einzelnen zu fressen bekamen war genau auf einem Schild an der Stalltür vermerkt.

Sie schlenderten weiter, nachdem sie die Pferde gestreichelt und mit ihnen gesprochen hatten.

Natürlich wurde auch hier ein Bild von Norbert, Florian und den Pferden gemacht.

Auf dem Parkplatz stand ein riesiger Lastwagen. Gestütshof Marbach stand auf dem Wagen. Einige Gestütswarte versuchten die Pferde aus dem Stall in den Wagen zu locken. Es gelang nicht immer gleich, denn die Pferde wollten lieber auf der Weide nebenan herumtollen, auf der sie das Wiehern der anderen hörten. Doch diese Pferde sollten nach Offenhausen, zum ehemaligen Klosterhof, gebracht werden.

Weiter ging die Erkundungsjagd. Aber was war denn das? Sie kamen an einen Stall, der vollkommen leer war. In diesem Stall lebten die Pferdemütter mit ihren Fohlen, wie ein Blick zeigte. Im Augenblick tollten sie jedoch auf der Weide. Wo würden die drei sie finden? Sie waren gespannt. Nach einer Wegbiegung erblickten sie die Herde. Ein wunderschönes Bild zeigte sich Norbert, Florian und der Oma. Die jungen Fohlen auf ihren dünnen Beinen, die immer wieder einknickten.

Hier versuchte eines wieder aufzustehen, ein anderes trank bei der Mutter. Sie waren noch so unbeholfen.

Diese Bilder mussten einfach eingefangen werden. Die Pferde waren sehr zutraulich und kamen nahe an das Gatter. Sie ließen sich streicheln.

Pferdemütter sind wie Menschen. Sie passen auf, dass ihren Kindern nichts passiert.

Doch es gab noch viel mehr zu besichtigen. Die Arena.

Im Herbst wird hier die Hengstparade aufgeführt. Einfach sehenswert, wie die Gestütswarte auf den Pferden in alten Rüstungen umher galoppierten, Sechsergespanne vorgeführt und zum Schluss die Pferde mit ihren Fohlen durch die Arena galoppierten.

Jedes Jahr lockte Marbach mit Führungen, Schauprogrammen, Kutsch- und Planwagenfahrten viele Besucher an.

Es gibt auch einen Kinderclub „Julmonds Marbach".

In der ehemaligen Klosterkirche Offenhausen informiert heute das Gestütsmuseum über die Geschichte der Pferdezucht in Baden-Württemberg.

Im Augenblick sahen die drei den Übungen mit den Pferden zu. Sie konnten sich einfach nicht trennen, doch dann erlebten sie noch, wie die Pferde ihr Brandzeichen bekamen. Doch sie hatten so viel Mitleid mit den Tieren, das sie schnell weiter liefen.

In der Halle neben der Arena war der Boden mit Sand ausgestreut, um auch dort Übungen ausführen zu können. Außerdem fanden in dieser Halle alljährlich die Versteigerungen statt.

Der Rundgang war nun beendet.

Norbert und Florian fragten auf dem Heimweg:

„Oma, wann gehen wir wieder ins Gestüt?"

Doch schon fiel der Blick auf die andere Straßenseite. Norbert und Florian wussten genau, hier bekamen sie noch ein Eis, Oma trank einen Kaffee.

Die Beiden hatten viel zu erzählen, als sie wieder zu Hause waren und wieder einmal ging ein schöner Ferientag viel zu schnell zu Ende.

Ein Tag im Zoo

„Wenn ihr Ferien habt, gehen wir in den Zoo", versprach die Mutter Norbert und Florian.

Endlich war es soweit. Die Sonne strahlte vom wolkenlosen Himmel und es versprach ein schöner Tag zu werden.

Sie kauften Eintrittskarten und schon ging es los.

„Wir wollen zu den Äffchen", sprudelten Norbert und Florian fast gleichzeitig hervor.

„Nur langsam", erwiderte die Mutter. „Wir werden genug Zeit haben, um uns alles genau anzusehen."

Sie schauten sich die Eisbären an, die träge im Wasser lagen und die Sonne auf ihren Pelz scheinen ließen. Das Flusspferd schnaubte laut. Sie bewunderten ein Löwenbaby.

„Schaut nur, wie tapsig es umherläuft."

Die Löweneltern schauten ihrem Jungen zu, schubsten es immer wieder liebevoll an.

Norbert und Florian sahen einen Eisstand.

„Bekommen wir ein Eis? Bitte", bettelten sie.

Zusammen traten sie an den Eisstand.

„Ich möchte bitte ein Schokoladen- und ein Vanilleeis", erklärte Norbert und ich bitte ein Erdbeer- und Himbeereis."

Nachdem beide versorgt waren, marschierten sie weiter in Richtung Affenhaus. Da herrschte schon ein großes Gedränge. Die Äffchen wurden von den Besuchern mit Bananen gefüttert. Eine Dame mit grünem Hut stand besonders nahe am Rand. Einer der Affen holte sich mit einem schnellen Griff den Hut der Dame, um ihn sich aufzusetzen. Großes Gelächter erschallte rings umher.

Ein Herr hielt sich den Bauch vor Lachen und geriet dadurch sehr nahe an das Gitter. Und plötzlich, oh weh, sein Toupet war weg. Der Affe bleckte seine Zähne wie zu einem Lachen.

„Wie komme ich zu meinem Hut?", klagte die Frau.

„Und wer gibt mir mein Toupet wieder?", jammerte der Mann.

Das Lachen war ihm gründlich vergangen.

Doch da näherte sich schon der Wärter. Nach einem kleinen Kampf im Affengehege, wo er seine Schützlinge immer wieder ausgetrickst hatte, konnte er den Betroffenen ihre Sachen wieder zurück bringen.

Schnell entfernten sich die Frau und auch der Mann von dem Affengehege, nachdem sie sich überschwänglich bei dem Wärter bedankt hatten.

Doch das Gelächter schallte noch lange hinter ihnen her.

Nach einem weiteren Rundgang, nachdem sie die Vögel und Schlangen, Pinguine und Wasservögel bestaunt hatten, ging es wieder nach Hause. Schmunzelnd erzählten sie ihrem Vater die Geschichte vor dem Affenhaus.

Wieder ging ein schöner Ferientag zu Ende.

Der Iglu Bauer

Norbert reckte und streckte sich.

„Juchhe Ferien", erinnerte er sich schnell.

Dann stand er auf, zog die Rollladen herauf und wieder entfuhr im ein Jauchzer. Der erste Schnee war gefallen. Soweit das Auge reichte, alles Weiß. Auf der anderen Seite des Ortes fuhr schon ein Schneebahner.

„Schnell, steh auf, es hat geschneit", rief er in Florians Zimmer.

„Wir könnten einen Schneemann und einen Iglu bauen."

Norbert zog Florians Bettdecke zurück.

„Aufwachen, du Murmeltier!"

„Heda!", rief Florian empört und zog sich die Decke schnell wieder über den Kopf.

„Aber es schneit", sagte Norbert.

„Es schneit?"

„Eben, deshalb sollst du ja aufstehen", und riss die Vorhänge auf.

Die Schneeflocken tanzten lustig vor dem Fenster.

In der Küche klapperte Geschirr und Schokoladenduft wehte ins Zimmer.

„Norbert, Florian", rief die Mutter. „Früüüühstück!"

„Siehst du", grinste Norbert.

„Hmpf", grummelte Florian. „Jeden Morgen dasselbe. Wieso muss man immer m o r g en s aufstehen?"

„Weil es heute Morgen schneit."

„Das ist ungerecht. Ich bin ein Spätaufsteher."

„Eine Schlafmütze bist du", lachte Norbert und zog mit einem Ruck Florians Bettdecke fort.

„Unverschämtheit", protestierte Florian.

Doch dann sprang er aus dem Bett.

„Ich komme schon."

Ein Spritzer Wasser fürs Gesicht musste heute genügen. So hurtig wie nie waren sie angezogen.

Die Mutter hatte bereits das Frühstück vorbereitet. Im Stehen wollten die Beiden heute frühstücken.

„Langsam, langsam", beschwichtigte die Mutter sie.

„Ihr kommt schon nicht zu spät nach draußen, doch ein Brot und einen heißen Kakao, das braucht ihr."

Die Schneeanzüge lagen schon bereit, Mütze, Schal, Handschuhe und nun noch die Stiefel. So gerüstet konnte es losgehen.

Zuerst bahnten sie die Hofeinfahrt. Der Bahner war inzwischen bei ihnen angekommen und schob den Schnee in das angrenzende Feld. Die Grundlage für den Iglu hatte der Fahrer damit schon geschaffen, ohne es zu ahnen.

Nun hieß es die Wände des Iglus zu befestigen, damit nichts mehr einfallen konnte. Immer wieder klopften die beiden einmal hier und einmal dort. Als sie zufrieden waren, ging es an die „Inneneinrichtung". Norbert grub ganz vorsichtig, denn er wollte vermeiden, dass das Dach einfiel. Schaufel um Schaufel holte er den Schnee heraus. Endlich war es soweit. Norbert konnte in die Höhle kriechen. Er versteckte sich darin.

In der Zwischenzeit rollte Florian eine Kugel nach der anderen für den Schneemann. Dann rief er nach Norbert. Dieser sollte ihm helfen, die einzelnen Kugeln aufeinander zu setzen.

Aber wo steckte dieser wieder? Norbert konnte doch noch nicht in dem Iglu stecken? Oder doch? Florian begab sich auf die Suche. Richtig, in der Höhle saß Norbert und grinste seinen Bruder an.

„Hilf mir bitte beim Zusammenbau des Schneemanns", bat er Norbert.

Mit vereinten Kräften bauten sie noch weitere Schneemänner um den Iglu herum. Es sah so aus, als wenn die Schneemänner den Iglu bewachten.

Florian möchte auch einen Iglu. Einträchtig bauen sie noch einen weiteren Eingang.

„Hallo, kommt zwischendurch einmal ins Haus!", rief die Mutter.

Sie hatte Kakao gekocht und eine Brezel dazugelegt.

Keine Antwort.

„Wo steckt ihr?", wollte sie wissen.

Wieder erhielt sie keine Antwort. Doch dann ein unterdrücktes Kichern.

„Such uns doch!"

Lächelnd trat sie aus dem Haus, sah aber nur einen ihrer Buben, Florian. Da traf sie auch schon ein Schneeball und sie wusste, wo sich Norbert versteckte. Sie ging um den Iglu herum und entdeckte den zweiten Eingang und Norbert, ein breites Grinsen im Gesicht.

Gebührend lobte die Mutter die „Häuslebauer", und die Wache aus Schneemännern.

Inzwischen war es eiskalt geworden. Eine Tasse heißen Kakao war jetzt genau das Richtige.

Immer wieder schauten Norbert und Florian aus dem Küchenfenster, doch alles stand noch genauso da.

So verging der erste Ferientag sehr schnell – und wenn der Schnee nicht geschmolzen wäre, könntet ihr die Werke von Norbert und Florian noch heute bewundern.

Ein Schlittschuhläufer

Immer noch waren Ferien. Die letzten Tage waren sehr eisig. Bei Nacht herrschte eine Temperatur von -25°Celsius.

„Prima", dachte Norbert.

Endlich war der kleine See im Park zugefroren. Seine Freunde und er konnten Schlittschuhlaufen.

Im Sommer durfte nicht geangelt und gebadet werden, doch im Winter war der See für die Schlittschuhläufer freigegeben.

Schnell lief er zu dem See, wo seine Freunde schon ungeduldig auf ihn warteten. Kaum hatte er seine Schlittschuhe angezogen, kreiste er schon auf dem zugefrorenen See. Er lief mit seinem Freund Peter um die Wette, sie kamen immer mehr aus der Puste, je schneller sie liefen.

Norbert holte Schwung und lief abermals los.

„Halt", schrie Peter hinter ihm her.

Doch schon lief Norbert genau auf das Schild „Eisloch" zu. Peter versuchte ihm den Weg abzuschneiden und lief winkend auf ihn zu. Irritiert hielt Norbert inne. Das war sein Glück, denn in diesem Augenblick sah er das Schild.

„Vielen Dank. Du hast mich vor einer eiskalten Dusche bewahrt", dankte ihm Norbert.

Erleichterung bei Peter, dass er Norbert noch rechtzeitig vor dem Eisloch warnen konnte.

Sie liefen vom Eis, um sich erst einmal auf einer Parkbank von dem Schrecken zu erholen.

So vergingen auch diese Winterferien wieder viel zu schnell.

Geburtstagsvorbereitungen

Norbert hatte Geburtstag. Er wollte mit seinen Eltern, Geschwistern, den Großeltern und seinen Freunden feiern. Da musste er viel überlegen.

Zuerst kamen die Einladungskarten. Verschiedene Motive sollten es sein. Da er im Januar Geburtstag hatte, brauchte er nur aus dem Fenster zu schauen, um sich dort Ideen zu holen. Einen verschneiten Tannenbaum, einen Schneemann, einen Schlitten, das alles bot sich an, all diese Motive malte er auf die Karten. So manch einen Nachmittag verbrachte er damit.

Doch die Hausaufgaben für die Schule waren ja auch noch zu erledigen; die Rechenaufgaben waren schnell gelöst, das Gedicht musste noch auswendig gelernt werden und ein Aufsatz würde am kommenden Tag geschrieben. Dafür würde er noch üben müssen, blieb also eigentlich keine Zeit für die Einladungskarten.

Außerdem möchte er draußen im Schnee herumtollen, Skifahren, Iglu bauen – und seine Freunde warteten schon.

Doch sein Geburtstag rückte immer näher. Nachdem er alle Karten bemalt hatte, klebte er noch ein Bild von sich in die Mitte. Blieb nur noch der Tag und die Uhrzeit einzufügen. So, das wäre geschafft.

Seinen Freunden nahm er die Einladungen in die Schule mit, seine Großeltern besuchte er am Nachmittag und überbrachte ihnen die Einladung persönlich.

Norbert wünschte sich einen Schokoladenkuchen. Seine Mutter versteckte Gummibärchen darin. Außerdem backte sie einen Igel, gespickt mit Schokolinsen und einen Obstkuchen.

Am Geburtstag kamen dann die Großeltern. Die Freunde durften einen Tag später mit Norbert feiern. Für jeden Gast suchte Norbert eine kleine Aufmerksamkeit.

Für diese Geschenke fuhren Norbert, Florian und seine Mutter in die Stadt. Die Auswahl fiel jedoch sehr schwer. Auf der einen Seite sollte es nur eine Kleinigkeit sein, auf der anderen Seite doch etwas Persönliches. Sie schauten sich in den verschiedenen Geschäften um, liefen hierhin und dorthin.

Schließlich waren sie vom Herumlaufen so müde, dass die Mutter erst einmal einen Kaffee brauchte und Norbert gerne eine Brezel und Florian ein Eis essen möchte.

So gestärkt suchten sie weiter. Sie fanden ein Kartenspiel, einen Schmusebären, verschiedene Hops Bälle, ein Micky-Maus Heft. Dann noch schnell ein paar Süßigkeiten.

Was könnte er seinen Freunden bieten? Doch halt! Norbert hatte eine Idee und fragte seine Mutter:

„Wie wäre es, wenn ich mit meinen Freunden zum Schlittschuhlaufen fahren würde? Wir könnten um die Wette laufen oder gar ein Schaulaufen organisieren. Das wäre schön….."

So kauften sie auch noch die Karten zum gemeinsamen Schlittschuhlaufen. Bei so vielen Vorbereitungen vergingen die Tage sehr schnell, doch alles wurde rechtzeitig fertig.

Norberts Freunde waren begeistert von der Idee zum Schlittschuhlaufen. Eine weitere Mutter erklärte sich bereit, mit den Kindern nach Reutlingen zu fahren. Dort auf der Eisbahn verlebten alle einen sehr schönen Geburtstagsnachmittag. Norbert war glücklich.

Weglaufen gilt nicht! – Wer hat Angst vor großen Hunden?

Norbert hatte sich einem Lauftreff angeschlossen. Eines Morgens lief er seine Waldrunde ohne seine Freunde. Es versprach ein schöner Tag zu werden.

Groß, bullig, mit einem kantigen Schädel stand plötzlich der Hund von Frau Schmid vor ihm. Auf Norbert machte er einen Furcht einflößenden Eindruck. Beim Spazierengehen konnte Frau Schmid ihn nur mühsam bändigen. Er zog an der Leine vorwärts und hechelte. Auch andere Spaziergänger hatten Angst vor diesem Hund und versuchten zu entkommen. Frau Schmid ging sowie so ohne zu grüßen an allen vorbei. Sie redete nur mit ihrem Hund.

„Ein typischer Kind-Ersatz für alte Leute", dachte Norbert verächtlich. „Sie meidet ihre Mitmenschen."

Frau Schmid war schon Rentnerin und ging mehrmals täglich mit ihrem Hund spazieren. Sie trug einen langen, grauen Mantel und über ihrem Arm einen Henkelkorb, in dem sie Holz oder Pilze sammelte.

Die alte Frau hatte ihren Hund von der Leine gelassen und er nahm eine drohende Haltung ein.

Als Frau Schmid Norbert sah, rief sie den Hund zurück, nahm ihn am Halsband.

Norbert schrie sie erschrocken an:

„Halten Sie Ihren Hund fest. Es ist verboten, ihn im Wald von der Leine zu lassen."

Krächzend erwiderte sie: „Der tut nichts."

„Das sagen alle", schimpfte er und lief in weiten Bogen um die beiden herum.

Zu Hause erzählte er von dem Vorfall.

„Der Hund ist eine Bedrohung, nicht nur für Läufer", schimpfte er immer noch.

Doch seine Mutter lachte nur.

„Der tut wirklich nichts, ich habe ihn schon oft beobachtet."

Doch Norbert war nicht überzeugt.

Am nächsten Morgen sah Norbert, wie die alte Frau mit ihrem Hund und einem Korb wieder dem Wald zu schlurfte. Sie hinkte ein wenig.

Heute, am Samstag, war keiner seiner Freunde erreichbar und auch Norbert hatte eigentlich keine Lust zum Laufen.

„Dann muss ich wohl wieder alleine laufen, ob der Hund da ist, oder nicht", dachte Norbert. „Es ist ja bisher alles gut gegangen."

Aber ein mulmiges Gefühl blieb doch, als er los trabte und wusste, dass sie dort draußen waren.

Norberts Sorgen verflogen, als er in den Schatten der ersten Bäume eintauchte. Es war ein Genuss, dort zu laufen, im Wald mit den leuchtenden Farben und wo die Sonne durch die Blätter blinzelte. Er zog tief den würzigen erdigen Duft ein und erfreute sich an dem Gezwitscher der Vögel. Er war allein.

Nein, nicht ganz allein.

Plötzlich schaute er wie gebannt auf die Lichtung. Dort stand der Hund. Doch die alte Frau war nirgends zu sehen.

„Dieses Mal sag ich der alten Schachtel gehörig die Meinung!"

Der Hund setzte sich in Bewegung. Auf ihn zu.

„Verdammt, wo bleibt Frau Schmid bloß?"

Doch Frau Schmid war weder zu sehen noch zu hören.

Was war los? Sie ging doch sonst immer neben ihrem Hund.

Norbert drehte sich um und hetzte davon. Nichts wie weg hier, den Hund immer auf seinen Fersen. Zweige schnitten ihm ins Gesicht, dann stolperte er. Der Hund bellte laut. Dann schnellte er auf Florian zu, packte seinen Ärmel und zog ihn mit sich, fort durchs Unterholz, immer weiter vom Weg entfernt.

Auf einmal hatte Norbert keine Angst mehr. Der Hund hatte ja nicht zugebissen, sondern zog ihn immer weiter fort.

Plötzlich durchzuckte ihn ein Gedanke:

„Der Hund will mir etwas zeigen. Er führt mich! Er führt mich irgendwo hin."

Er widersetzte sich nicht länger, sondern lief mit in die Richtung, in die ihn der Hund zog.

Schließlich blieb er vor einer Böschung, an der ein kleiner Bachlauf abfiel, knapp zwei Meter tief, stehen. Er ließ Norbert los, winselte leise. Zitternd und verwirrt blickte sich Norbert um, dann den Abhang hinunter. Dort lag Frau Schmid, reglos und mit dem Gesicht nach unten, die Arme weit von sich gestreckt. Ihr Korb lag daneben, ein paar Pilze und ihre zerbrochene Brille.

Der Hund kläffte. Norbert wusste was er sagen wollte: "Tu etwas!"

Das Tier verfolgte jede seiner Bewegungen.

Schnell rutschte er den Abhang hinunter.

Frau Schmid atmete nur sehr schwach und ihr Gesicht war leichenblass, doch ihr Herz schlug noch.

„Es muss schnell Hilfe her", überlegte Norbert fieberhaft.

Mit seinem Handy alarmierte er den Rettungsdient.

Eine Viertelstunde später hörte man die Sirene des Krankenwagens. Mit kurzen Worten erklärte Norbert die Situation.

Der Arzt kniete nieder.

„Wahrscheinlich Gehirnerschütterung durch den Sturz, außerdem eine Kopfplatzwunde", erklärte der Arzt.

„Hoffen wir, dass nichts gebrochen ist. Länger hätte sie nicht mehr dort liegen dürfen, sonst wäre sie an Unterkühlung gestorben."

Während die anderen beiden Sanitäter Frau Schmid vorsichtig auf die Trage legten, sprach der Arzt zu Norbert:

„Ein Glück, dass du sie gefunden hast. Wir bringen Frau Schmid ins Krankenhaus."

„Also – eigentlich habe ich sie gar nicht gefunden. Er hat mich hergeführt."

Norbert zeigte auf den Hund, der aufmerksam verfolgte, was mit seinem Frauchen geschah.

„Wirklich? Das nenne ich aber einen klugen Hund. Komm her zu mir."

Tatsächlich kam das Tier sofort zu ihm und leckte ihm die Hand.

„Das hast du brav gemacht", lobte ihn der Arzt. „Bist ein guter Hund."

Zu Norbert gewandt fuhr er fort: "Im Krankenwagen darf er nicht mitfahren. Wir haben keine Zeit mehr zu verlieren. Nimm du den Hund mit und kümmere dich um ihn."

„Wie? Ich?" Norbert schluckte und blickte auf das mächtige Tier.

„Hast du etwa Angst vor Hunden?"

Norbert atmete tief durch. „Ich habe Angst vor so großen Hunden, vor Kampfhunden."

Doch der Arzt lachte nur.

„Dieser Hund ist so gut erzogen, der gehorcht aufs Wort. Das ist kein Kampfhund. Das ist ein Mischling.

Frau Schmid hält ihn, weil sie einmal im Wald überfallen wurde."

Im Befehlston sagte er: „Sitz! Gib Pfote!" Der Hund reagierte sofort.

„Na gut, dann nehme ich ihn halt mit."

Seufzend ergab sich Norbert in sein Schicksal. Der Hund wurde unruhig, als die Hecktür des Rettungswagens geschlossen wurde. Norbert redete beruhigend auf ihn ein.

„Komm, wir laufen nach Hause."

Treuherzig schaute der Hund zu ihm auf. Diese Worte verstand er und wich nicht mehr von Norberts Seite.

Angst vor großen Hunden? …. Weglaufen gilt nicht!

Norbert kommt auf den Hund

Norbert hatte keine Angst mehr vor Hunden. Heute ging er mit seiner Mutter in den Park.

Bello, sein Terrier sprang lustig bellend vor ihnen her. Sie kamen an den kleinen See. Die Sonne spiegelte sich im Wasser und auch die Seerosen blühten.

Von einem kleinen Steg konnte Norbert die Fische im Wasser erkennen. Munter tummelten sich auch ein paar Enten auf dem See. Majestätisch zog ein Schwan seine Bahn.

„Platsch", ein Frosch sprang ins Wasser.

Erschrocken machte Bello, der auf dem Steg neben Norbert stand, einen Satz. Doch oh weh, er fiel ins Wasser. Jaulend schwamm er ans Ufer. Schüttelte sich, dass die Mutter ganz nass wurde. Lachend trat sie ein paar Schritte zurück.

„Das war doch nur ein Frosch", erklärte Norbert seinem Hund. Doch dieser hielt sich jetzt in sicherer Entfernung zum Ufer auf.

„Komm hierher, ich habe dir deinen Spielknochen mitgenommen", lockte Norbert.

Er warf den Knochen weit weg und Bello lief freudig hinterher. Er brachte den Knochen zurück und das Spiel ging weiter.

Spaziergänger schauten amüsiert zu. Doch auf einmal, oh Schreck, der Knochen versank im tiefen Wasser.

Bello schaute ihm traurig hinterher.

„Los, hol den Knochen wieder", befahl Norbert. „Du kannst doch gut tauchen", schmeichelte er dem Hund.

Bello sprang ins Wasser, tauchte kurz und hielt den Knochen im Maul.

„Bist ein guter Hund", lobte Norbert ihn. Diesmal bekam er die Dusche ab, als der pitschnasse Hund sich schüttelte.

Seine Mutter sah ihnen von einer Bank aus zu.

„Nun wird es aber Zeit zum Heimgehen", bemerkte sie.

Zuhause angekommen, lief Norbert mit Bello in den Garten. Zwischen den Bäumen hing eine nagelneue Hängematte, die Norbert unbedingt ausprobieren musste. Schnell kletterte er hinein, schaukelte hin und her und immer schneller.

Seine Mutter rief noch: "Nicht so wild", doch schon war es geschehen. Norbert lag verdutzt im Gras. Der Ast fiel herunter. Er war zu dünn für Norbert und seine Hängematte.

Der Pfannkuchen

Wieder einmal sind Ferien. Heute wollte Norbert Pfannkuchen backen – Pfannkuchen mit Apfelmus.

Er deckte den Tisch mit frischen Blumen aus dem Garten.

Mit dem Apfelmuss wollte er beginnen, damit es noch abkühlen konnte. Danach bereitete er den Pfannkuchen Teig. Eier und Mehl, Mich, etwas Zucker und schon konnte es losgehen.

Bello, sein Terrier schaute erwartungsvoll.

Er bellte: „Gibt es denn nicht für mich?"

„Du bekommst auch etwas", beruhigte Norbert ihn.

„Sitz", befahl er. Folgsam setzte Bello sich in die Nähe des Herdes. Nachdem Norbert den Herd angestellt hatte, setzte er die Pfanne drauf, gab Margarine herein und schon ließ er den Teig in die Pfanne laufen. Kein Blick ließ Bello von den Aktivitäten.

„Bello, jetzt werde ich einmal versuchen, den Pfannkuchen in der Luft zu drehen", so die Ansage an den Hund.

Dieser stand auf, seine Zunge lechzte und…..da fiel auch schon der Pfannkuchen auf den Boden. Bello schnappte sich den Pfannkuchen und verschwand blitzschnell unter dem Tisch.

Verdutzt schaute Norbert ihm nach. Dann lachte er: „So, du hast jetzt deinen Anteil. Jetzt werde ich die Pfannkuchen in der Pfanne umdrehen, sonst bekommen ja die Eltern gar nichts."

Gesagt, getan.

Einen ganzen Berg mit schönen, knusprigen Pfannkuchen wuchs auf dem Teller. Das Apfelmus wurde noch mit Zucker und Zimt abgeschmeckt.

„Das riecht aber lecker", riefen die Eltern aus. Sie setzten sich zu Tisch und Norbert erzählte von dem verunglückten Pfannkuchen und wie schnell Bello reagiert hatte. Dieser schaute ganz unschuldig unter dem Tisch hervor. Er wusste: Betteln verboten!

Tatort Berlin

Norbert hatte seinen Führerschein. So beschloss er mit Florian seine Großeltern in Berlin zu besuchen.

„In sechs Stunden könnten wir dort sein", rechnete Norbert aus.

Schnell wurden die Koffer gepackt und schon konnte die Reise beginnen.

An der nächsten Autobahnraststätte tankten sie noch einmal. Ein paar Blumen für Oma und eine Flasche Wein für Opa kauften sie noch ein.

Heute war es ruhig auf der Autobahn und so kamen sie zügig voran.

Wenn nur die Lastwagen nicht wären. Da lieferten sich doch gerade zwei Giganten ein Kopf- an Kopfrennen. Erlaubt war das nicht, aber den beiden machte es Spaß. Dass sie dadurch den Verkehr behinderten und es extrem gefährlich war, daran dachten die Fahrer nicht. So ging das eine ganze Weile; die Autobahn war blockiert.

Doch dann…, die Autobahn wurde dreispurig, stieg jedoch leicht an, so konnten alle überholen und der Stau löste sich rasch auf.

Auch Norbert gab Gas, um schnell vorbeizukommen.

Endlich die Abfahrt. Über den Berliner Ring gelangten sie an die Spree. Die Großeltern besaßen hier einen kleinen Bungalow.

Den Eingang schmückten Rosen, Hortensien und zwei Buchsbäume. Der Weg wurde von einer Wiese begrenzt.

Norbert stellte seinen Wagen in die Einfahrt. Herzlich wurden sie dann von den Großeltern begrüßt. Auf der Terrasse, die sich hinter dem Haus befand, war schon der Kaffeetisch gedeckt. Auch hier fiel der Blick auf leuchtenden Geranien. Opa umsorgte fürsorglich die Oma, die schon einige Zeit im Rollstuhl sitzen musste. Alles war Rollstuhlgerecht umgebaut, sodass sich Oma auch allein fortbewegen konnte.

Viel gab es zu erzählen. Grüße von den Eltern wurden übermittelt.

Dann wollten die Großeltern wissen: „Wie geht es den Nachbarn?" Und so manches andere.

Von ihrem Platz aus konnten die Brüder das Treiben auf der Spree beobachten. Leute winkten von einem Ausflugsdampfer herüber.

Die Leute nutzten das schöne Wetter auch für Kanufahrten. Man könnte meinen, ganz Berlin sei an oder auf der Spree. Auch die Wasserpolizei war aufmerksam.

Doch plötzlich! Was war das? Die Alarmanlage von Norberts Wagen schrillte, störte die Ruhe des Tages. Norbert spurtete ums Haus, konnte aber nur noch die Rücklichter seines Wagens erkennen.

Die Wasserpolizei legte am Ufer an, betrat die Terrasse. Von Norbert wurden sie kurz unterrichtet. Das Telefon schon am Ohr, gab der Polizist kurze, präzise Anweisungen.

Auch auf dem Wasser war plötzlich die Hölle los. Ein schnelles Motorboot schoss durch die Mitte der Kanus. Einige Paddler landeten im Wasser und schimpften hinter dem Boot her. Schon war der Spuk vorbei. Wieder gab der Kommandeur seine Befehle. Sie wussten, dieser Mann würde nicht weit kommen. Nach der Schleuse würden seine Kollegen in Empfang nehmen.

So verhörten sie dann Norbert, Florian, Oma und Opa. Diese konnten jedoch keine Angaben zum Tathergang machen, da sie auf der Rückseite des Hauses Kaffee tranken. Inzwischen kam auch die Stadtpolizei. Gemeinsam versuchten sie den Tathergang nach zu vollziehen. Nach langer Suche fand eine Polizistin das Einbruchswerkzeug. Der Täter hatte es im Schubkarren unter dem Laub versteckt.

Alle Ausfahrten wurden kontrolliert, die Autobahnen, der Flughafen. Doch den gestohlenen Wagen fanden sie nicht. Wie vom Erdboden verschluckt. Norbert wusste jedoch, dass nicht mehr viel Sprit im Tank sein konnte und die Täter nicht weit kommen würden. Vielleicht stand er ja in einem Hinterhof oder irgendeiner Garage. Die Polizei versprach, Norbert sofort zu verständigen, wenn sie den Wagen fanden.

Inzwischen hatten sie den anderen Täter erwischt, als dieser mit seinem Boot aus der Schleuse herauskam. Er besaß einen gefälschten Ausweis und hatte schrecklich viel Angst. Ob er mit dem gestohlenen Wagen etwas zu tun hatte, war nicht ersichtlich, doch er musste mit auf die Wache. Er schwieg, verriet nichts.

Nach einer Woche war der Urlaub von Norbert und Florian vorbei. Sie hatten sich selbst auf die Suche gemacht, waren jedoch genauso erfolglos wie die Polizei. Der Wagen war und blieb verschwunden.

Die Großeltern waren tief erschüttert. So etwas vor ihrem Haus, in der sonst so ruhigen Straße. Sie konnten es einfach nicht fassen und versprachen, Ausschau zu halten.

Geknickt fuhren Norbert und Florian mit dem Zug nach Hause.

Nach einigen Monaten konnte die Polizei das Auto sicherstellen. Norbert war glücklich, seinen Wagen wiederzubekommen.